KB116581

언어 의상실

언어 의상실

—

초판 1쇄 2019년 4월 5일
지은이 최종석
펴낸이 김영재
펴낸곳 책만드는집

—

주소 서울 마포구 양화로 3길 99, 4층 (04022)
전화 3142-1585·6
팩스 336-8908
전자우편 chaekjip@naver.com
출판등록 1994년 1월 13일 제10-927호
ⓒ 최종석, 2019

—

—

ISBN 978-89-7944-682-1 (04810)
ISBN 978-89-7944-354-7 (세트)

책 만 드 는 집
시인선 118

언어 의상실

·
최
종
석

시
집

책만드는집

어쩌면 저의 시들은
시가 아닐지도 모릅니다.

곁에서 들려주는 이야기이고
마주 앉아 나누는 대화이며
진심을 담아 부르는 노래일 뿐.

화려하지는 않아도
또 심오한 세계는 아닐지라도
고된 인생길 함께하는
따뜻한 목소리이고 싶습니다.

−2019년 4월
최종석

| 차례 |

꿈을 마중하다

수십억 년 지구에
광명을 뿌려 온 태양이
또다시 시간을 품고 일어선다

한 해를 지치지 않고 달려갈
커다란 심장 하나가
뜨거운 환호 속에서 자라나네

사람들은 가슴마다
저 붉은 꿈 안고 돌아가
다시 일 년을 꽃피울 것이니

새해의 첫 바닷가
이미 봄날의 꽃밭을 거닐듯
설렘의 향기 가득하여라

라일락

그 봄날에
널 내게 데려다준 건
라일락의 정령이었네
소리 없이 도착한 향기에
네가 실려 있었지

깜짝 놀라 창가에 붙어 서서
심호흡으로 너를 맞으니
가슴 깊은 곳에서
너의 얼굴 그려지고
화사한 웃음 번져 나오고
사뿐한 발걸음도 느껴졌네

봄이 분주히 땅을 일구는 사이
너는 라일락의 꽃말로 와
내 그리움 두드렸지
나는 또 그 환한 옷깃 스치며
자꾸 네 이름 불렀네

껍데기에 대한 경배

바닥에 아무렇게나 버려진
달걀 껍데기를 본다

한때 알맹이를 감싸 안았던
부모와 같은 마음들이
끝내는 저렇게 버려지고 밟혀서
흔적도 없이 사라지는구나

눈에 띈 이에게조차
번번이 외면받고야 마는
모든 껍데기들의 쓸쓸함이여

하지만 저 소멸의 중심에
결코 부서지지 않는 힘이 있음을
우리는 너무나 오래
잊고 살아온 것은 아닌지

복사꽃 아래

우리 어쩌다
이 세상에서 움트고
우리 또 어쩌다
서로의 마음 열어
지금 여기에
환한 웃음꽃 피웠는가

이 기쁨을 넘고
슬픔까지 넘어가
하나의 꿈이 된다면
우리 사랑
천상의 열매 속에
영원을 품게 되리라

잠의 마법사

한숨 자고 나면
모든 게 달라질 거야
마음속 바윗덩어리 모래알로 흩어져
추억의 모래톱 되어 있을지도
아니면 불행의 그림자 애초 없던 것처럼
환하게 웃고 있을지도
아무튼 한잠 자고 일어나면
모든 게 달라져 있을 거야
잠은 늙은 마법사처럼
어떤 고통도 스르르 잠재울 수 있지
그래, 낮잠이라도 좋아
지금 당장 푹 자고 일어나면
세상 모두가 낯설게 깨어나듯
너도 새롭게 태어날 수 있을 거야

너를 만난 뒤

너를 만난 뒤
나 아름다운 사람 되었네
더없이 순해진 입과 귀
눈은 언제나 맑게 빛나고
마음엔 은빛 여울이 진다네

너를 만난 뒤
나 갑자기 부자 되었네
모든 것 다 베풀어도
더 넉넉해지는 마음의 곳간
그렇게 세상을 다 가진 듯

너를 만난 뒤
삶이 무언지도 알게 되었네
내가 태어난 이유와
계절이 바뀌는 뜻을 알았고
신의 목소리 듣게 되었네

너를 만난 뒤
나 죽음마저 깨달았네
너의 부재 속에 드리운 어둠
그게 바로 죽음의 얼굴이란 걸
힌트도 없이 깨닫게 되었네

시인의 꿈

여덟 살 때부터
내 꿈은 시인이었지
새처럼 자유로운 게 시인이라는
누나 말만 믿고서

하지만 나의 젊음은
좀체 시를 만나지 못했고
깊은 애증의 늪에 빠져 버렸다
누군가 꿈속에 찾아와
뭔가를 적어 주기 전까지는
그것을 옮겨 적어
진짜 시인이 되기 전까지는

그런데 생각해 보니
나는 아직도 가짜로구나
진짜 시인은 젊은 날의 나였기에
간절함 하나로 매달렸던

그 불안한 꿈과 짙은 어둠이
모두 다 시였기에

그리하여 이제는 안다
시 하나만을 위해 달렸던
그 뜨거운 심장만을 그리워할 뿐
나는 영원히
시인이 될 수 없다는 것을

수목원의 봄

봄이 왔지만
나 아직도 갈 수가 없네
그 겨울의 수목원

사랑은 떠나가고
이별만이 상처로 남은 곳
마음속 세찬 눈보라에 막혀
차마 용기조차 낼 수 없던 그곳에

지금은 세월에 씻겨
그 상처도 희미해졌을까
아무렇지도 않게
마치 지나가던 길인 것처럼
그렇게 무심히 들러 보고만 싶네

우리가 피워 내지 못한 꽃들이
저희끼리 환하게 피어 있을 것만 같은

그녀도 목련빛 얼굴로
나를 기다리고 있을 것만 같은

하지만 이제는 봄이 왔기에
나 영원히 갈 수가 없네
그 겨울의 그 수목원

향기의 시

내가 사는 동해시는
오월 초순만 되면
아카시아 향기가 날아든다

공기에 꿀을 발라 놓은 듯
온 도시가 달콤해지는 것이다

거리에도 향기가 나고
사람들에게도 향기가 난다

밤이 되면 절정에 이르러
모두가 사랑에 빠진 것처럼 보인다

향기의 축제
짧아서 더욱 아름다운 시간

일 년에 한 번씩 동해시는
향기의 시가 된다

예외의 사랑

예외라는 것은 늘
법칙의 변두리에 있지만
사랑에 있어선 오히려 그 예외들이
가장 중요한 법칙인 것 같아

아무리 평범한 사람이라도
설레는 그 누군가의 눈동자에선
유일무이한 사람인 것이니

누구나 한 번쯤
그런 떨림의 주인공인 적 있기에
생은 아직도 두근거리지

예외의 사랑
그로 하여 세상은 둥근 계절을 낳고
생명들은 부활을 꿈꾸는 거야

꿈속의 계절

늦겨울 들녘에는
아직 봄이 잠들어 있지만
땅속엔 이미 수많은 아우성들
와글와글 깨어나 있다

그 소리 견디다 못해
봄은 겨울이 다 가기도 전에
서둘러 잠을 깨는 것이다
기지개를 켜는 것이다

봄의 따뜻한 입김이
차가운 땅 푸근히 녹여 내어
예의 아우성들 다 피워 올리면
이제 세상은 꽃의 나라

그렇게 봄빛이 한창일 때
여름은 또 어디선가

서둘러 잠 깨어나

짙푸른 옷 갈아입을 것이다

현재만이 아름답다

멀리서 찾아 헤매던 것들이
곁에서 부서진 채 그 모습 드러낼 때
비로소 맺히는 후회의 눈물

꽃도 현재만이 아름답고
사랑 또한 지금만이 빛나는 것을
그걸 알면서도 나는 왜
현재에 감동할 줄 몰랐는지
뜨겁게 사랑할 줄 몰랐는지

멀리 있는 그대여
아직도 늦지 않은 그대여
나 이제라도 남겨진 현재에 서서
다시 사랑을 살고 싶어라
흘린 눈물 다시 흘리고 싶어라

완전한 목표

서두를 것 없지
나에겐 목표가 없으니
오직 이 순간과
여기 있는 모든 것들이
삶의 가장 큰 의미인 것을

꽃도 보고 풀도 보고
뭔가를 열심히 물어 나르는
벌레들도 보면서
아주 천천히 걸어갈 거야
그렇게 길은 더 선명해지고
아름다워지겠지

그 언젠가
시간이 실어 오는 죽음마저
온몸으로 받아들일 때
내 삶의 목표는 완전하게
이루어질 거야

내 마음의 길

너는 나의 길
내 마음속의 화안한 길
너를 따라 나 여기까지 왔네

하지만 끝끝내 잡을 수가 없었던
너의 고운 손

이제는 어둠 내리고
좁은 길마저 자꾸 휘어지지만
나 아직은 저물지 않으리

너라는 불빛으로
다시 내 마음 밝히며
이 세상 끝까지 걸어가겠네

풀꽃이 되어

나는 그대를 기다리는
작은 풀잎, 하지만
기적처럼 나타난 그대 앞에서
나는 눈도 귀도 없으니

발밑에 밟히는 고통으로
그대를 불러 볼까
아니면 푸른 눈물이 되어
그대 마음 물들여 볼까

아니, 아니, 차라리
그대를 마음 깊은 곳에 품어
꽃으로 피어나게 하리

그리하여 풀꽃
그 하나 된 운명 속에서
환하디환하게 살다가 가리

언어 의상실

괜찮다는 말 속에는
여러 벌의 옷이 걸려 있지

넘어진 아이가 벌떡 일어날 땐
오뚝이 옷 갈아입고

사랑을 잃은 이의 가슴속에선
눈물 젖은 옷 갈아입고

엄마들 입가에선 늘
하얀 거짓의 옷 갈아입으니

하지만 그중 가장 따뜻한 옷은
물음표로 마감된 것

괜찮아?

시린 마음에 입혀 주는
한겨울의 코트,
언어의 온기 담아 지어 낸 옷

아버지의 봄

장례식이 끝나고
창고 문을 열어 보니
아버지의 낡은 농기구들
여전히 한자리에 있다

닳아 버린 뼈처럼
하얗게 빛나는 저 고통이
당신의 생애를 이루고
나의 삶을 일으켰구나

창고 문이 열리듯
오랜 추억의 문도 열리고
젊은 시절의 아버지와 함께
머언 들길 거닐다 보니

주인 없는 빈 밭에도
어느새 봄기운이 내려와

평생 떨군 땀방울들
꽃으로 피워 올리고 있다

또다시 마라톤

기나긴 인생길 위에
또다시 장난처럼
작은 인생길 하나 펼쳐 놓으면

기다렸다는 듯
순식간에 자라난 고통이
온몸을 통째로 삼켜 버린다

하지만 나는 안다
내 최후의 발끝에 걸려
결국 이 괴물은 쓰러질 것임을

뒤를 돌아보니
지나온 발자국마다
잔디 풀이 파랗게 돋아나 있다

널 만나러 가는 길

이런 길 처음이야

모든 것이
햇살로 빚어진 듯
반짝이는 길

마음속 어둠 다 씻기고
설렘이 번져 나와
웃음이 되는 길

∧J∧

나는 이제부터
천국 따윈 믿지 않으리라

너와 나

나의 손맛과
물고기의 죽을 맛이
하나가 되는 순간에
퍼드덕 꼬리 치는 생각이 있다

저 물고기는
나의 과거일지도 모른다는
어쩌면 오래된
미래일지도 모른다는

그렇다면 나의 손맛은
결국 나의 죽을 맛인데……

까맣게 잊힌 고통으로
또다시 고통을 낚아 올리는 곳
망각의 낚시터

유예

이제는 미뤄 두었던 걸 해야지
더 늦기 전에, 그것들이
죽음을 데리고 나타나기 전에

아직도 하지 못한 말들을
아직도 지키지 못한 약속을
아직도 만나지 못한 그 사람을

시간 핑계 대지 말고
조만간이란 말 아예 내뱉지 말고
지금 바로 눈앞에 옮겨야지

인생이 후회 속에 멈춰 서기 전에
아주 영영 늦어 버리기 전에

이견에 대하여

지천으로 피어난 수많은 꽃들
똑같은 게 하나도 없어서
모두 다 아름다운

그런데 언제부턴가
자신만이 최고라는 주장들이
들불처럼 번져 가고

급기야 신들처럼
유일함을 무기로 하여
한바탕 전쟁이라도 일으킬 태세

하지만 그 부딪친 주장들은
낭떠러지로 추락하여
산산조각이 나고
꽃들은 모두 시들고 말았다

그대와 함께

그대 있는 곳에
나도 함께 있고 싶어요
친구들을 만날 때도
찻잔처럼 조용히 곁에 앉아
그대 목소리 들을래요
가방 속에 몰래 숨어서
집까지 함께 걸어도 좋겠죠
난 언제나 그대 곁에서
그대의 시간을 느끼고 싶어요
만약 어려운 일 생기면
몰래 다 해결해 놓을 거예요
어머나? 하고 깜짝 놀라는
그대 두 눈을 바라보면
나는 구름이 될 것 같아요
사랑을 알 것만 같아요

마음의 묘지

우리는 가슴속에
얼마나 많은 무덤을 갖고 사는가

사랑하는 사람을 묻고
이루지 못한 꿈들을 묻고
차마 하지 못했던 말들과
그 속의 숱한 감정도 묻어 버리고

그리하여 우리의 가슴은
거대한 묘지처럼 적막하여라

그런데도 햇살에 빛나는 아침 이슬
아름답기도 하지
어둠 속에서도 살아 숨 쉬는 추억들
눈부시기도 하지

언젠가는 다시 현실로 태어날

저 둥근
묘지의 꿈이여

자유와 망각

인간으로서
참을 수 없는 부끄러움은
동물원에 있더라

쇠창살에 끼어 있는
힘없는 눈동자들이
나의 얼굴 화끈거리게 했으니

그곳에 갇혀 있는 건
동물들이 아니라
바로 우리의 양심이었기에!

오월

꽃나무 그늘에
앉아

이 하루
울고만 싶어라

떠나간 그대
온기를 위해

남겨진 나의
서러움을 위해

오월도
분홍빛 눈물
하르르 떨구는데……

고요 속으로

오랜만에 혼자인 집에서
환한 창밖을 내다보니
흰 구름 떼 가득 고요를 몰고 와
세상을 물들이고 있다

고요……
얼마나 오랫동안
잊고 살아온 이름인가

먼지 낀 대문을 열고
마음의 길 따라
가장 깊은 곳으로 들어가니
오롯이 홀로 앉아
나를 기다리는 사람이 있다

아수라장 속의 나를
끝까지 기다려 준 단 한 사람
그는 바로 나였다

영원한 사랑

우리 처음 만난 뒤
영원은 하루처럼 짧아라

그 하루는 또
영원처럼 길어라

우리는 서로에게 스미어
사랑조차 모르니

죽음이여
세상의 모든 고통들이여

기나긴 망각의 땅을 지나
우리에게로 오라

내 고향, 버들골

내 고향은 버들골
봄이 되면 실개천에
버들개지 솜솜솜 피어나던
남양리 산골짝의 끝 집, 하지만
나에게는 첫 집

산딸기랑 감나무가 많던 곳
밤이면 짐승의 숨소리 들리고
겨울에는 순백의 나라
거기 풀 내 가득한 젊은 부부가
거친 밭 일구어 사 남매를 키우던 곳

지금은 아무도 살지 않고
버들개지마저 사라져 쓸쓸하지만
아직도 나의 기억이
따뜻한 눈물로 남아 있는 곳
나의 고향, 버들골

별은 다시 뜬다

우주의 종말인 듯
모든 별들은 스러지고

그 자리마다 짙은 어둠 고이니
세상은 온통 암흑천지

하지만 절망에 눈 감지 않고
아픈 하늘 끝까지 응시한
한 소녀의 눈동자에서

새로운 별 하나가
떠올랐다

소나기

불타는 여름날 오후
검은 구름 먼 산을 넘어와
후드득후드득
세찬 빗방울 떨어뜨리면
잠시의 흙먼지 속으로
갈래갈래 물줄기들 태어난다
물 한 바가지 벌컥벌컥 들이켜며
대지는 갈증을 달래고
초목들은 여름의 융단 위에
자꾸 푸른 덧칠을 하니
세상은 온통 싱그러움의 바다
나도 저곳에 텀벙 뛰어들어
한여름의 추억이 되리라

요통

한적한 시골 한의원에서
아픈 허리로 엎드려
무심히 창밖을 바라보니

나무들은 꼿꼿한 몸
신성한 하늘 위로
한껏 추켜세우고 있구나

나의 삶은
어찌 이리도 불경하여
의지의 중심마저 무너졌는지

세상의 모든 직립들은
수없이 쓰러지고 다시 일어난
요통의 현신임을 알겠네

캠핑장에서

나도 유행 따라 밖에서
낭만적인 하룻밤 보내려 했지
그래서 찾아간 곳
바닷가 소나무 숲 캠핑장
바다 내음도 좋고 솔향기도 좋고
모두가 환상이었는데
밤에 잠을 자려고 누우니
솔바람 소리가 마치
괴로운 신음처럼 들리는 거야
곰곰 생각해 보니
그 나무들은 낮부터
사람들 소음에 귀를 막다가
밤에는 환하게 켜 놓은 조명 때문에
한숨도 못 자 괴로운 거지
나는 그게 자꾸 신경 쓰여서
밤늦게 몸을 뒤척이다가
내일은 일찌감치 짐을 싸야겠구나
그렇게 중얼거리고 말았다

친구의 밤 전화

밤늦게 찾아온
술 취한 친구의 목소리를
잠기운에라도
건성으로 대하진 말아야지
그건 또 다른 나의 모습
가슴 저미는 외로움이, 그리움이
아침이면 후회할 일도
선뜻 용기 나게 하는 것인데
진지하게는 아니더라도
따뜻한 목소리로는 받아 줘야지
생각해 보면 그의 마음속에
내가 살아 숨 쉰다는 건
훗날의 깨달음이 아니더라도
분명 행복한 일이니까

사랑의 노래

우리 손잡고 찾아간
그 강가에는
그대처럼 푸른 강물과
흰 모래톱과 맑은 바람에 씻긴
갈대숲이 있었지요

말없이 강물만 바라보다
서로를 향해 환한 웃음 띄울 때
우리는 너무나도 젊기에
사랑조차 늙지 않을 것만 같았죠

저녁놀이 깔리던 귀갓길
몸에서는 아직도 물 냄새가 나고
우리 마음 깊은 곳에서 눈 뜨던
그 푸른 영원의 별들……

우리 손잡고 바라본

그 강가에는
그대 가장 아름다운 시간과
나의 가장 그리운 추억이 만나
아직도 사랑의 노래 부르고 있어요

낮달

그대는 아직도
창백한 모습으로
내 마음에 걸려 있어요

지울 수 없는
이승의 흔적이죠

다시 돌아가게 될
저승에서는
추억이라 부를까요

저 희미한 빛이
한때는 나의 전부였음을
그 무엇으로 증명할까요

지상의 시

어느 유명한 시인께선
시를 위해 은둔의 삶을 사신다
아마도 그의 언어는 천상의 것이어서
곧 우화등선하실 모양

하지만 나의 시는
심오하지도 고상하지도 못해서
언제나 일상의 냄새만 풍기지
그렇게 사람들 사이를 굴러다니다
작은 위로라도 전하면 그뿐

나의 언어는 이 땅이 고향이어서
아무 데도 갈 수가 없네
그러니 어느 신선이 선뜻
천상의 언어를 제안한다 해도
정중하게 사양할 수밖에

나의 신전

그대 말이라면
두 귀 쫑긋하고 들어요
아무리 사소한 말이라도
내겐 가장 소중한 말, 아름다운 말이니
나는 언제나 온 마음 다해
그대 목소리 들어요

그리고 난 그대 웃음이 좋아요
큰 사랑 주지도 못하는데
그대는 언제나 내 앞에서 웃어요
그 웃음은 정말이지
내 마음 밝히는 등불이에요
행복을 담은 경전이에요

그대로 하여 내 삶은
비로소 온전한 끝이 되리니
내 마지막 숨결 앞에서도

그 목소리와 웃음을 보여 주어요
그러면 눈물마저 기쁨이 될 거예요
영원을 위한 꽃비가 될 거예요

소녀

너는 낯선 두려움
까마득한 시간의 숨결이야

아침을 깨우는 빛이고
대지를 간지럽히는 봄이고
세상을 굴리는 수레바퀴야

온갖 기적이 모여서 피워 낸
천상의 꽃봉오리

너는 나의 환한
죽음이야

술의 부력

술은 모든 것을 띄운다

감정도 띄우고 몸도 띄우고
아무리 무거운 사물이라도
마치 지상의 것이 아닌 듯
마음속에 가벼이 떠오르게 한다

세상만사 그렇게 가벼우면야 좋겠지만
현실은 언제나 무거운 곳이어서
술의 부력도 잠시의 마술일 뿐

그래서 술에 빠진 사람들은
땅 위에 오래 발붙이지 못하고
일찍 하늘로 날아가 버리기도 한다

클로버 마을

시골집 밭가에 있는
작은 클로버 군락지에는
온통 네 잎 클로버들 가득하다
다섯 잎도 적지 않고
오히려 가장 드문 건 세 잎 클로버

평범하게 살아온 다수의
우리들 또한 세 잎 클로버일진대

갑자기 소수가 평범해지고
다수가 희귀해지는 세상이 오면
우리는 보석 같은 존재가 될까
아니면 소외된 존재가 될까

일상의 신비

신비는 두려움에 있지 않아
무지 속에 존재하는 것도 아니지
그건 일상 속에 있는 거야
하지만 사람들은 그걸 모르고
엉뚱한 곳을 찾아 헤매지

두근거리는 이 심장은
얼마나 신비로운가
우리가 마주 앉은 이 시간은
또 얼마나 큰 신비인가

설령, 이별이 닥친다 해도
너무 걱정하지 마
깊은 그리움이, 간절한 기다림이
또다시 신비의 길을 열 거야
그러면 우린 그 길을 따라가
다시 만날 수 있으니까

신요순시대

나는 요순시대에 산다네
우리 집 하나뿐인 아이 이름이
요순이기 때문에

태평성대에 살라고
직접 지어 준 이름인데
성격 하나는 정말 태평이시고
공부는 노잼이라며
예술 세계에만 심취하여 계시지

그 무엇보다 지금의 행복이
가장 중요하신 분

수많은 틀에 갇혀 살아온 나로선
아이의 자유로운 날개가
한편 다행스럽다 아니할 수 없는데

스스로 찾아가는 길이
운명의 길이라 굳게 믿으며
뒤에서 잠잠 지켜보다가
우레 같은 박수나 보내 드릴 일이지

신요순시대
그 시대는 또 어쩔 수 없이
내가 함께 살아가야 할
운명 같은 세월이기도 한 것을

인지의 몰락

서기 2222년 어느 날
인간의 뇌세포만을 파괴하는
신종 바이러스가 출현한다
이것에 감염된 자들은
지능을 잃고 바보처럼 변한다
이 바이러스는 순식간에
전 세계로 퍼져 나간다
추위와 굶주림 앞에서도
끝내 본능은 작동하지 않고
일부는 그들이 사육했던
동물들의 먹잇감이 된다
인간들은 뇌 하나로
지구 전체를 정복했지만
그것 하나가 망가지는 바람에
절멸의 길을 걷게 된다

네가 웃으면

네가 웃으면
갑자기 겨울이 물러가고
봄날이 찾아온다

꽃들이 펑펑 피어나고
벌 나비 떼 날아들고
푸른빛이 온 들녘을 적신다

또 봄맞이 청소하듯
마음의 먼지 다 털어 내고
세상의 환한 창을 열어 준다

네가 웃을 때마다
나는 나의 맑은 눈물로
천국의 나무를 기를 수 있다

아름다운 시절

요즘 가끔씩 꿈을 꾸면
국민학교 시절로 다시 돌아가
작은 의자에 앉아 있곤 해

친구들과 함께 노래 부르고
큰 소리로 책도 따라 읽으며
너무나도 행복한 내가 되어 있지

삶이 자꾸만 버거워질 때
허무가 점점 더 짙어져 갈 때
나는 나의 가장 아름다운 시절로
꿈처럼 돌아가고 싶은 거야

이젠 잡초가 주인이 되어 버린 곳
하지만 내 꿈은 아직도
거기서 자라고 있는 것만 같아

살아 있는 시

저는 얼핏 보면
단어의 조립처럼 보이지만
사실은 하나의 생명체랍니다
그러니 제발 저를 눕혀 놓고
해부하지는 말아 주세요
마취도 없이 칼로 도려낸다면
그 얼마나 고통스러울까요
저는 미완의 인생이 낳은
또 다른 미완성일 뿐이니
그냥 있는 그대로만 보아 주세요
느껴지는 대로만 느껴 주세요
이 세상 그 어디에도
완벽한 존재는 없지 않나요

그 샘물처럼

내 어릴 적
산골짜기 샘터에는
한 모금에도 갈증이 싹 가시는
그런 샘물이 있었지

아무리 지독한 가뭄에도
무한한 상상력처럼
퐁, 퐁, 퐁, 퐁
바닥을 뚫고 솟구치던

뱀들이 우글거리고
험한 산길 걸어야 하지만
나에겐 아직도 참을 수 없는
유혹의 길

내 시가 자꾸만
미지근 답답해질 때면

당장 거기로 달려가

그 샘물 들이켜고 싶다

네가 제일 예쁘지

나는 네가 제일 예쁘지
이 세상에서 제일 예쁘지

단발머리는
너의 단발이어서 예쁘고
긴 생머리는
너의 생머리여서 예쁘고

네가 무슨 옷을 입든
어떤 화장을 하든
또 어디에서 무엇을 하든

나는 네가 제일 예쁘지
그게 너라서 제일 예쁘지

두려운 회의

한 번뿐인 인생길에
목숨 걸어 볼 일을 찾았고
그 길로 미친 듯이 달려가는데
어느 날 불쑥 회의가 찾아온다면?
삶의 보석이었던 그것이
갑자기 빛을 잃고 스러진다면?
나는 망연자실 돌처럼 굳어져
후회도 없겠지, 눈물조차 없겠지
그리하여 나의 두려움은
오늘도 이렇게 두 손을 모은다
부디 이 길이 죽음에 닿기를
깨끗한 무無의 품속으로
고요히 스며들기를……

너의 수심

너는 나의 바다

마실수록 목 타는
거대한 갈증

그리움은 종일
파도처럼 일어나도

여전히 알 수가 없네
너의 수심을

오늘도 깊고 깊어져
언젠가는 너에게
닿고 싶어라

물욕은 녹슬지 않는다

내 어렸을 적
동생 데리러 가던 길
심부름값 백 원, 손에서 도망쳐
또르르 길가 수풀로 사라졌네
귀신이 물고 가 버린 그 동전 찾아
나는 한나절을 헤매고 말았지
엄마 목소리 나타날 때까지
어둠에 젖어 울먹거렸던

그때 그 하루
동생마저 잊게 했던 그 동전
정말 어디로 사라진 걸까?
순간, 커피 뽑으려던 동전 미끄러져
또르르 자판기 아래 숨어 버리고
악착같이 꺼내려는 내 품에서
뭔가 툭! 하고 떨어졌으니
녹이 잔뜩 슨 그 동전이었다

대학 시절

내 방은 외풍이 심해
바람이 옷가지를 흔들었다
침침한 형광등 밑에
책들을 가득 쌓아 놓고
밤새워 길을 찾아 나섰다
그러나 수많은 길 중에
나의 길은 보이지 않았다
외로움보다 더 깊은
불안이 나를 감전시켰고
가끔 술 취한 죽음이
놀러 오기도 했다
징그럽게 또 봄이 오던 날
남겨진 젊음을 다 녹여
비로소 하나의 길을 열었다
운명의 시작이었다

대꽃

마디와 마디 사이
어두운 방에는
깊은 고요가 잠자고

꺾이지 않는 유연함은
푸른 하늘을 흔들며
바람과 춤추네

나도 마디마디에
그런 운율을 품고
아무도 흉내 낼 수 없는
노래를 부르면

백 년쯤 지나
꽃 피울 수 있을까

바람 부는 날

바람이 창을 흔들면
무심했던 풍경들 깨어나고
그 바람에 내 사랑의 기억도
다시 살아나 숨을 쉰다

빛바랜 달력 펄럭이며
한 아름의 추억을 몰고 와
희미한 상처 꺼내 보이는 바람

그가 떠난 자리에
다시 고요는 내리겠지만
내 마음의 바람 소리는
오래 멈추지 않을 것만 같아라

바람 부는 날이면
잠들었던 시간들 모두 깨어나
온 세상을 뒤흔든다

심심한 인생

심심하다는 말은
언제나 게으름뱅이의 입술
난 평생 이 말을 경멸하며 살았지

하지만 요즘은 너무나 바빠
영혼이 미처 쫓아오지 못할 때 많으니
이젠 외려 그 말이 그리워지네

게으름뱅이처럼 여기저기를
할 일 없이 돌아다니며
인생의 심심한 맛이나 느껴 볼거나

세상의 매운맛 톡톡히 보아 왔던
내 영혼의 치유를 위해
아예 심심산천으로 떠나 볼거나

악몽과 길몽 사이

이상한 꿈을 꾸었어

너에게 신장 한쪽 떼어 주고
눈도 하나 뽑아 주고
팔다리도 하나씩 잘라 주고

또 하나뿐인 심장까지
망설임 없이 건네며 말했지

네가 없으면 내가
어떻게 숨 쉴 수 있겠니

넌 그렇게 내가 되고
난 또 그렇게 네가 되는
참으로 이상한 꿈을 꾸었어

해바라기 꽃밭

해바라기 꽃밭에 서면
이미 지나 버린 시간인 듯
아직 오지 않은 시간인 듯
신비로움에 휩싸이지

전생과 내생이 훤히 들여다보여
내 근원을 알 수 있을 듯하고

삶과 죽음의 문도
여기에선 너무나도 쉽게 여닫히니
생사는 서로의 다른 이름일 뿐

그렇다면 난 어디에도 없지만
모든 시간 속에서 살고 있구나

해바라기 꽃밭이 환해진다

기형도

더 깊은 절망만이
영혼의 구원자라고 믿었던 시절
그는 까마득한 어둠을 몰고 와
내 절망을 침몰시켰다

그 후로는 더 이상
어둠의 노래 부르지 않았다
스스로 지하실을 걸어 나왔고
빛을 먹고 자라는 나무가 되었다

그는 나를 어둠에서 건져 낸
절망을 위한 절망이었고
목숨보다 더 뜨거운 희망이었다
운명이 보낸 구원자였다

이제는 별이 되어 떠난 그에게
뒤늦은 눈물을 부치려 한다

먼 시간을 거슬러 그에게 닿으면
온몸을 반짝여 보이리라

너의 모든 것을

너와 함께했던
그 시간들을 사랑해
짧아서 영원한 그 설렘을 사랑해

네가 앉았던 자리의 온기와
맑은 눈빛, 그 환한 웃음을 사랑해
영영 마지막이 돼 버린
뒷모습을 사랑해

나의 기다림을, 나의 그리움을
이 모든 것이 살아 숨 쉬는
내 마음을 사랑해
내 마음속의 너를 사랑해

모기를 잡으며

한밤중
흡혈하는 모기를
증오심으로 때려잡는다
절대 용서할 수 없는 해충이지
이들로 인한 질병으로
매해 이백만이 목숨을 잃는다니
하지만 곰곰 생각해 보면
그게 모기의 죄는 아닌데
걔네들도 먹고살기 바쁠 뿐
자식 낳아 기르려 아등바등할 뿐
그러니 우리와의 악연이
걔네들 잘못은 결코 아닐 것인데
조물주의 실수라고 해야 할까
아니면 심술이라 해야 하나
아무튼 참 괴이한 인연이지

태양의 저녁

대지에 붙은 목숨들이여
모두들 수고했다
산다는 것이 때로
혼자에게만 내리는 폭염 같아서
우리는 서로에게
힘이 되지도 못하였던가

허무를 향한 질주는
태양이 저무는 언덕 위에 멈추고
생은 비로소 쓸쓸하여라
이제 남겨진 것은
저 어두워지는 풍경 속으로
후회 없이 걸어가는 것

그럼에도 마음속에 남은
온기의 말 있으니
난 저물어서도 네가 그리울 거야

다시는 볼 수 없다 해도

너는 나의 영원이므로

그리고 또 다른 생애이므로

채소 공장

요즘엔 채소들도
최첨단 시설에서 키우기 시작했다

물과 햇빛, 온도를
필요한 만큼 자동 제어하면
채소들은 고민도 없이
쑥쑥 자라기에 바쁘다는 것

비바람이 없어
더 크고 깨끗한 채소들은
그러나 그 빛깔 속에 왠지 모를
슬픔을 머금고 있으니

자신의 삶에 목숨 걸어 볼
단 한 번의 기회조차
말갛게 씻겨 버린 탓은 아닐까

설아

설아라는 제자가 있었지
참 착하고 예쁘고
공부도 엄청 열심히 하던
그런데 졸업 앨범 다 뒤져도
찾을 수가 없는 거라
그래서 여기저기 수소문해 봤더니
그런 애는 아예 없었다는
놀라운 대답뿐
아니, 세상에 그럴 수가 있나
난 분명히 기억하는데
눈의 요정처럼 하얀 얼굴에 맑은 눈빛
늘 조용히 뭔가에 열중하던
그 아이가 애초에 없는 아이였다면
내가 착각을 한 건가, 아니면
귀신에라도 홀린 건가
언제나 나를 미소 짓게 했던
설아……
그 아이는 대체 누구였을까

바탕색

지난밤 어둠의 흔적들
방 안에 얼룩처럼 남아 있지만

눈부신 그대
창을 열고 들어와
눈부신 햇살 뿌리는 순간

어둠은 단지
빛을 위한
배경이었음을 알겠네

한낮의 바탕색 마련하려고
밤은 모두가 잠든 사이에
칠흑의 물감 풀어 놓는구나

일상의 폭력

개미의 생태를 관찰하려고
교외에서 개미 몇 마리를
산 채로 잡아 왔고
한 일주일 정도
유리병에 넣어 뒀다가
아파트 근처에 풀어 주었죠

행복하게 살던 집에서
영문도 모른 채
한 인간에게 납치당했고
오랜 감금 생활 끝에
낯선 동네에 버려졌어요
가족들이 너무나 그리워요

슬픈 사랑 노래

너무나도 행복했던 사랑
스스로 멈추어야 함을 느낄 때
시간은 이미 슬픔 자욱한 길
겨울 쪽으로 펼쳐 놓았다

가슴엔 아직도 폭풍이 치고
끝없는 폭염 쏟아져 내리건만
나의 계절은 이토록 짧아
평생을 두고 저물기만 하는지

한바탕 꿈인 줄도 모르고
막무가내 피어났던 사랑이여
우린 미치도록 뜨거웠고
그래서 꿈보다 더 아름다웠음을

이제 차가워진 길 위에
추억마저 눈물이 되고 말리니

다시는 그 어떤 봄볕도
내 마음에 내리지 못하리라

가을 사랑

늦가을 벤치에 앉아
나 그대라는 기쁨에
몸 둘 바 모르네

낙엽은 떨어지고
햇살은 쓸쓸하여도
그대라는 봄이 있어
내 마음 푸르러지고
그대라는 기적이 있어
세상은 늘 빛나지

그대가 만든 꽃길에 취해
나의 계절은 아직도
저물 줄 모르니

그대라는 꿈 속에
나 영원히 잠들고만 싶어라

커피와 주스

쓰디쓴 커피를 마시며
아무도 쓰다 말하지 않는 건
그게 커피의 본질이라 믿기 때문

난해한 시를 읽으며
아무도 난해하다 말하지 않는 건
그게 시의 본질이라 여기기 때문

쓰디쓴 커피를 마시며
난해한 시를 한참 동안 읽고 있으니
상큼한 주스가 그리워진다

자기만의 진한 색깔과 맛을 지닌
그런 것들이 자꾸
내 마음 돋우는 걸 어찌하랴

목백일홍의 가을

목백일홍은 애오라지
여름이 피워 올린 불꽃인데
계절은 시간을 따라
가을의 끝자락에 닿았으니

그 뜨거움 스러지고
내 그리움도 따라 지치고 말아
너는 이미 응시를 잃어버린
차가운 목숨이었을 뿐

그런데 오늘 또다시
눈가를 적시는 온기 있었으니
남은 잎사귀들 모두 모아
끝까지 불태우는 뒷모습이었다

그 끈질긴 불꽃에
아직도 끝나지 않은 여름에

성급했던 마음 화끈거렸을뿐더러
스러져 가는 내 사랑의 잔불도
다시 뒤척여 보고 싶더라

가을밤에

가을밤
뒤뜰 항아리 하나에
달빛이 가득 담겨 있어요
거기에는 우주의 신비처럼
그대 기억 가득하고
거기엔 또 그리움이, 고독이
독한 술처럼 익어 가고
마른 낙엽 하나 떨어져
서늘한 파문 일으키면
나는 왈칵 밀려드는 설움에
소리 없이 흐느껴요
이렇게 한 세상이 또
소리 없이 지나가 버리면
그대의 얼굴 잊고
사랑까지도 다 잊어버린 채
그 어디선가 문득 그대를
다시 만날 수 있을까요
정말 그럴 수 있을까요

마음의 거울

삼삼오오 모여 앉아
삼삼오오 이외의 사람들만
비난하는 저 사람들

방패막이 삼아 겨누는
무형의 창끝들 섬뜩하여라

메아리처럼 부메랑처럼
금방 되돌아와
자기 영혼을 찌를 것인데……

나도 집에 돌아가면
마음의 거울 다시 꺼내어
밤새도록 닦으리라

전성기

선선해진 가을날
드르륵, 창문을 열어 보니
담벼락 아래 웬 잡초 한 그루
야윈 모습으로 서 있다

지난여름 내내
푸르름이 아우성칠 때
남몰래 희미한 광선으로 숨 쉬며
한 생애 견뎌 왔던 것

전성기 한번 없었던 삶이
나의 옛 시절을 향해
눈물겨운 위로를 던질 때
불현듯 눈뜨는 깨달음 있으니

삶의 전성기란
언제나 매 순간이었다는 사실과

그 매 순간은 다름 아닌
지금 이 순간이란 거였다

너를 생각하면

너를 생각하면
가슴이 싸하게 저려 오다가
이내 물기가 되어
온몸에 스미는 것 같아
하지만 그게 슬픔인지 그리움인지
아니면 외로움인지 아픔인지
도저히 알 수가 없어

다만
봄빛 가득하던 너의 생기와
향기로운 머릿결과 그 깊던 너의
눈빛만을 기억할 뿐
수많은 사상들 다 무너지고
너만이 진리로 남아 버린
이 순간만을 생각할 뿐

지금도 어디선가

별처럼 빛나고 있을 너
그것만으로 난 아직 행복한 것을
언젠가 이 아픈 시간들 모두
훌훌 떠나가 버리면
그때야 비로소 눈물이 날까
뜨거운 눈물 쏟아져 내릴까

자유의 무게

새는 결코
날개의 가벼움만으로
하늘을 날지 못한다

몸속의 무거운 추가
허공에서 중심을 잡아 주기에
비로소 자유를 얻는 것

세상의 모든 자유에는
저울의 눈금으로 잴 수 없는
빛나는 무게가 있다

그대는 어떠신가요

이 가을 그대는 어떠신가요
나는 서늘한 바람 속에서
그대와 함께했던 시간들을 떠올려요

우리 비록 미래의 약속은 없었지만
끊어지지 않는 계절의 흐름처럼
내 마음엔 아직도 그대가 흘러요

살을 파고드는 추위가 닥쳐와도
나는 그대와 함께 보냈던
한여름의 기억으로 설렐 거예요

이 가을 그대는 어떠신가요
나는 그대라는 그늘에 잠겨
한 세월 서성거리다가, 아파하다가
그렇게 저물어 가려 합니다

고추잠자리

뾰족한 곳에 앉았다 가도
상처를 남기는 법 없지
저 가벼움은

날개는 햇볕을 말려
가을을 빚느라 연신 반짝이네

너무 길지도 짧지도 않은
봄가을 허리쯤에 서성이다가
무심히 떠나면 그뿐

아무도 모르는 수풀에
소리 없는 몸 툭, 떨어뜨리면
가을도 다 저물고 말리라

산중해

산속에서 본 조개껍데기 몇 개
낯설다, 그 커다란 파문에
온 산이 흔들리더니
이윽고 작은 바다가 생겨난다

파도가 치고, 갈매기가 날아오르고
온갖 물고기가 퍼덕이는
이곳은 부활의 바다, 산이 간직한
가장 비밀스러운 장소

여기에선 무엇이든지
다시 태어나고 다시 죽으니
저 가득 부풀어 난 푸른 핏줄로
끊어진 우리의 인연 다시 이으리

스무 살에 만나요

우리 다음에는
스무 살에 만나요
지금은 늦어 버렸지만
후회조차 너무 늦어 버렸지만
우리 다음번에는 꼭
스무 살에 만나요

스무 살의 내가
스무 살의 너를 바라보고
스무 살의 네가
스무 살의 나를 바라보는
그러다 하루가 다 저물고 마는
그런 눈먼 사랑을 해요
캄캄한 사랑을 해요

우리의 사랑은
사랑을 모르는 사랑이에요

마지막도 첫사랑인 사랑

이별 후에도 사랑만은 남는 사랑

우리 다음번엔 꼭

그런 사랑으로 다시 만나요

너의 말

너는 곁에 없지만
난 너의 목소리 들을 수 있네

따뜻한 말, 설레는 말
언제나 내게 힘이 되는 말
지옥의 어둠마저 쫓아 버리고
빛 속에서도 가장 빛나는 그 말을

이제는 모든 소음 사라지고
나는 나의 청력마저 잃었으니

너의 모든 말 속에다
내 언어의 집 다시 지으리

추억의 힘

푸른 날
가지에 잠시 앉았다 떠난
흰 새의 기억만으로
나무는 한 계절을 견뎌 낼
힘을 얻는다

젊은 날
마음속에 그려진
너와의 짧은 추억 하나로
나는 한평생을 살아갈
힘을 얻는다

언젠가 다시
내 마음의 가지 위에
흰 날개로 내려앉을 너를 믿기에
나의 겨울은
추억보다 더 푸르다

불영사에서

햇살마저 차가운 날
홀로 찾은 불영계곡에
깊은 적요만이 길동무 되네

뵙고 싶었던 부처님은
어디에서도 보이지 않고
그대 얼굴만이 마음속에 가득해

시린 물소리 따라
흔들리는 그림자 하나
억겁의 불영사에 닿고 나서야

나 득도하듯 깨닫네
내가 찾아 나선 부처님은
처음부터 그대였다는 사실을

소녀들의 날갯짓

오랜만에 춘천 명동에서
닭갈비에 소주 한잔하고 나오니
한 무리의 여학생들이
무슨 캠페인을 하느라 열심이다

가만히 살펴보니 그건
평화의 소녀상 건립을 위한 캠페인
순간 소녀들의 어깨에서
하얀 날개가 돋아나는 걸 보았다

그 모습에 마음이 환해졌다가
이내 밀려드는 건 부끄러움이었으니
나는 도대체 어른이 되어
무엇을 하고 살아왔는가 하고

내 마음의 풍경

국민학교 일 학년 때
신발장엔 모두가 검정 고무신
그러니 하교 때가 되면
신발을 잃어버리고
엉엉 우는 아이도 생겨났지
그때마다 마음씨 좋은 선생님은
동네 가게로 데리고 가
신발 하나 꼭 사 신겨 보내셨다
그 일이 내 일이 된 어느 날
선생님 자전거에 실려
덜컹덜컹 그 가게로 달려가는데
길옆에 펼쳐진 보리밭이
어찌나 푸르고 눈이 부시던지
마치 종달새가 되어
하늘을 훨훨 나는 기분이더라
그 기억이 끝내 잊히지 않고
마음속에 고스란히 남아
가장 아름다운 풍경이 되었다

그대라는 이유로

왜 나를 좋아하느냐고
그렇게 진지하게 묻지 말아요

그냥 좋아서 좋아하는걸
아무 이유 없이 무작정 좋아지는걸

눈도 마주치지 못하면서
손 한번 잡을 용기도 없으면서

그대이기에 나는 좋은걸
좋아하니까 자꾸만 더 좋아지는걸

그대는 언제나 내게
이유가 없는, 단 하나의 이유니까요

아침이 오면

멀고도 가까운
내 과거의 기억들이 날아와
켜켜이 쌓이는 이 저녁
잠들었던 비애가 실눈을 뜨다

어둠은 더 깊은 어둠을 부르고
아픈 상처들도 무게를 더해
내 마음 짓누르지만
이내 아침은 당도하리라

그러면 묵은 먼지 닦아 내듯
어두운 기억들 모두 지워 버리리
텅 빈 과거의 집 근처일랑
다시는 서성이지 않으리

아침이 오기만 하면
뜨겁게 솟아나는 태양 속에

마음의 짐 다 부려 놓고
환한 웃음 속으로 걸어가리라

백복령에서

눈 덮고 잠든 백복령
그 시린 어깨 어지럽게 넘노라니
나무들은 같은 핏줄끼리 모여
시린 삶 견뎌 내고 있구나

나는 어쩌다 홀로 떨어져
이 깊은 적막 속을 달리는가
봄이여, 오래전에 헤어진
낯선 자의 이름이여

하지만 수없이 미끄러져도
겨울은 나의 길 지우지 못하리
쉼 없는 박동 속에서
봄은 다시 소생할 것을 믿기에

눈 덮고 잠든 백복령
그 시린 어깨 묵묵히 넘노라니

나무들이 흰 눈을 털어 내
눈부신 햇살 내 마음에 뿌린다

나의 스승

제자가 건네는 책 한 권을
처음인 듯 반갑게 받았지만
사실 그건 오래전에 읽었던 책
하지만 고마운 마음에 그럴 수 있나
조용한 날 다시 소리 내 읽어 보니
예전에는 없던 감동이
가슴 깊이 스며드는 거였다
평생 아이들을 가르치며 살았지만
내가 배운 게 훨씬 많다는 걸
나는야 잘 알지
그 아이들이 내 일상을 시로 만들고
나도 시인으로 만들어 준다는 걸
너무나도 잘 알지
시간이 모든 걸 시들게 하여도
시를 닮은 저 아이들처럼
나도 환하게 웃으며 살아야지
그런 푸른 다짐을 해 본다

다시 여름이 오면

여름에는 여름이
그리 좋은 줄 몰랐네
추위가 닥치고 나서야
그의 푸름이 그리워지네

다시 여름이 오면
맨발로 뛰어나가 맞으리
그 폭염을, 그 소나기를
온몸으로 느끼며
단 하나의 그리움 되리

마지막 여름이 오면
그 여름처럼 죽기 위하여
온 목숨 다해 뜨거워지리
천둥처럼 으르렁대리

새벽 세 시의 고독

그를 만나려면
새벽 세 시를 기다려야 한다
예외의 문도 열리지만
그 시간이라면 어김없다
세상을 어둠 속에 가두어 놓고
그는 소리 없이 찾아온다

목숨이 휘청거리던 시절
그는 나의 유일한 친구였다
그런데 그녀의 환한 웃음을 만난 뒤
두 번 다시 나타나지 않았다
영원한 이별로 알았다

오늘 새벽 세 시
뭔가의 기척에 잠 깨니
연락도 없이 그가 찾아와 있다
오랜 습관처럼 낯설지 않았다

하지만 그는 긴 침묵으로
그녀의 부고장을 건네주었다

색깔의 여행

늦가을
땅 위에 누워 있는 낙엽들
모두가 갈색뿐이다

그 많던 색깔들은
다 어디로 사라진 걸까

하늘로 증발하여
거대한 무지개로 뜨는가

땅속으로 스미어
봄을 위한 염료로 쓰이는가

세상의 모든 색깔들은
어디에서 왔다가
또 어디로 떠나는 걸까

오래된 이별

네 웃음 가득한
이 한 장의 사진은

기쁨이지만
또한 슬픔이기도 해

너는 내 안에서
알 수 없는 감정이 되어
이렇게 울고 웃으니

이별은 아직도
나에게 오지 않았네

겨울나무처럼

가을 숲이 떨어뜨리는
저 가벼운 시간들을 보아라

무성했던 혼돈을 벗고
스스로를 적막 속에 가둠으로써
더 깊어지는 나무들의 영혼

그 신성한 기운
내 마음속에 뿌리내려
영원을 향해 자라나는 듯하니

나도 그 뿌리 아래에서
낙엽처럼 자꾸 가벼워지고 싶다
겨울처럼 점점 깊어지고 싶다

성격

내 성격은 불같았죠
아니 불 앞의 휘발유 같았죠
하지만 세상의 얼음벽 앞에선
그저 맹물에 가깝던 것을

그러면 나도 아예
맹물처럼 살아 볼까 하고
술에 술 탄 듯 물에 물 탄 듯
뜨뜻미지근 지내봤더니
아하!
이렇게도 좋을 줄이야

그래서 이제는 욕심까지 부려
샘물이었으면 하지요
날짐승, 길짐승 다 쉬어 가는
옹달샘이었으면 하지요

그대는 나의 자리

아주 먼 곳에 있어도
난 그대를 알아볼 수 있어요

그대는 언제나 내 마음속
가장 빛나는 사람이니까요

그대 있는 곳 내 먼저 달려가
마음의 등불 환히 밝히면

자리마다 참을 수 없는 기쁨
꽃향기로 피어오르고

시간도 그 향기에 이끌려
한참을 머물렀다 떠나지요

소나무 숲에서

한겨울, 소나무 숲에
세찬 바람이 불어온다

저 야성의 말발굽에
지독한 외로움도 잠시 물러나고

화들짝 눈뜨는 전생의 기억

나는 이 숲에서 살았던
한 마리 작은 날짐승이었으니

가벼운 나래에 산 그림자 싣고
푸른 능선을 넘나들었다

한겨울, 소나무 숲에는
아직도 나의 노랫소리가
솔방울 같은 음표로 매달려 있다

침묵의 결심

믿을 수 있는 건 침묵뿐이니
모든 약속은 침묵으로만 할 것

세상과도 침묵으로 말하고
사랑 또한 침묵의 언어로 가득 채울 것

쉽게 변하는 음성의 말 따위
두 번 다시 사용하지 않을 것

이제 남겨진 인생은 오직
더 깊은 침묵을 위하여 보낼 것

마지막 가장 단단한 침묵 속에
나를 깊이 묻어 놓고 떠나갈 것

사랑의 거리

나는 언제나 당신이
곁에 머물러 주길 바랐지요

하지만 진정한 사랑은
멀지도 가깝지도 않은 거리에서
가장 빛난다는 걸 몰랐어요

당신이 곁에 있던 지난날도
멀리 떠나가 버린 지금도
사랑은 미처 사랑이 아니었음을

이제는 우연끼리 마주치는
그런 거리에서 당신을 기다릴게요

당신도 그 거리로 와 주신다면
아직 끝나지 않은 우리 사랑
처음인 듯 다시 시작될 거예요

침략군

다시 그들이 온다
차갑고 무거운 군홧발 소리
점점 더 가까이 들린다
초목들은 어두워지고
동물들도 모두 숨어 버렸다

우리도 태세가 필요하다
그들은 오랫동안 주둔할 것이고
언제나 그랬듯이
쉽지 않은 싸움이 될 것이다

그들은 혹한과 찬 바람
눈 폭탄으로 공격해 올 것이다
우리는 인내심 하나로 맞서야 한다
꽃빛 승전보 전할 그날까지
절대 포기해선 안 된다

꽃들을 시샘하며
그들이 완전히 물러갔을 때
우린 비로소 알게 되리라
우리가 물리친 건 침략군이 아니라
마음속의 나약함이었음을

다시 봄을 기다리며

이 겨울 속에선
아무도 죽지 않는다
그 무엇도 죽을 수가 없다

죽음을 닮은 이 계절엔
모두가 삶을 꿈꾸어야 한다
동풍에 불려 도착할
연둣빛 물결 기다려야 한다

그 부드러운 호명에
긴 잠에 빠진 우리 사랑도
다시 깨어날 수 있으니
눈부시게 피어오를 수 있으니

그대여, 망설임 없이 오라
함께 두근거릴 심장을 위해
나의 겨울은 벌써 이렇게

꽃빛으로 설레고 있다

그대여, 서둘지 말고 오라
변치 않는 기다림 속에
봄날은 이미 찾아와
사랑의 불꽃 지피고 있다

삶에 대한 욕망과 해원의 마주 보기

홍웅기 문학평론가

1

최종석 시인의 신작 『언어 의상실』은, 우리네 삶이 삶의 종결을 향해 가는 과정에서 우리가 감내해야 하는 삶의 여정들을 포착하고 형상화하고 있다. 인간의 삶에서 삶의 귀착점이 아니라, 삶의 과정들을 통해 회의되고 구명되어야 할 가치들이 무엇인지를 자칫 비루해 보일 수 있는 일상을 통해 그 의미들을 환기하고 있다. 우리의 삶은 종결을 향해 나아가는 동안 우리 스스로 보다 나은 인간이 되기 위한 부단한 삶의 여정을 거친다. 적어도 자신의 삶에 공감할 수 있는 가치들을 환기하며 회의하는 과정을 통해 이전보다는 나은 인간이 되고자 하는 것이 보편적 인간의 욕구일 것이다. 이러한 삶의 여정에서 중요한 요소의 하나가 개별적 주체가 살아가는 삶에 대한 부단한 탐색의 과정이다. 인간이라는 존재가 보다 나은 존재로 발전해 갈 수 있는 것은, 자신에 대한 이러한 탐색의 과정을 통해서이다. 지나온 삶의 궤적을 돌아봄으로써 자신의 삶에 내재된 다양한 사고와 가치들의 올바름에 대해 회의하는 것, 그 자체로 이미 보다 나은 인간으로 향하고 있는 것이다. 그리고 다양한 삶의 양태들과 조우하는 것만으로도 충분히 자신에게 주어진 삶의 가치와 의미를 전망해 볼 수 있을 것이다. 이는 우리에게 주어진 현재에 대한 정의이며, 미래에 대한 모색의 과정이 된다. 비루하게 인식될 수 있는 일상적 삶을 천착하는 것은 우리가 감내하는 삶이라는 것이 결코 비루한 것이 아님을 확인하는 과정과 다르지 않다. 우리가 머물러야 하는 미래는 주어진 것이 아니라, 우리 스스로 생성해야 하는 우리의 삶이기 때문이다. 이를 위해 최종석 시인의 시선이 머무르는 곳은 자신의 삶이다. 개인의 삶의 과정에서 체득한 가치들은 시인의 현재를 규정한다. 그가 감각하는 모든 것의 의미를 생산하는 과정은 오직 시인을 통해서 가능한 것이다. 자신의 삶에 대한 관망 혹은 방기의 과정이라는 것은 철저하게 자기를 바라보는 혹은 자신을 인식하는 과정 그 자체이다. 그렇기에 시인은 스스로의 시를 시가 아닌 것으로 규정하게 만든다.

최종석 시인의 『언어 의상실』을 통해 확인할 수 있는 것은 시인 스스로 자신의 삶의 과정들을 반추한다는 것이다. 이러한 천착의 과정에서 우리가 도달하는 것은 개별적 주체의 삶에 대한 해원 혹은 주체 자신과의 대면 그 자체이다. 여기서 우리는 부단히 인간이란 어떤 존재인가에 대한 종결될 수 없는 의문과 조우하게 된다. 이 과정에서 인간이 함의하는 다양한 가치에 대한 논의들이 이루어진 것도 사실이다. 하지만 이 의문에서 얻은 정체성이라는 것은 어쩌면, 인간에게 내재된 인간의 본질이 아닌, 인간에게 부여돼야 한다고 믿는 가치들을 통해 구성된 허구적 가치로 보는 것이 타당할 것이다. 흄의 지적처럼, 우리가 스스로에게 부여하는 정체성이라는 것은 대상이 지닌 특유의 본질이 아니라, 비슷한 대상에 대한 상상일 것이기 때문이다. 인간의 현재적 삶에서 확인할 수 있는 인간적 가치라는 것은 그들에게 주어진 시간과 공간에 따라 전혀 다른 방향으로 해석되는 것이 현실이다. 이는 하나의 정체성으로 규정될 수 없는 속성을 지닌다. 그것은 절대적 가치로 환원될 수 있는 것이 아닌, 끊임없이 새로운 의미로 변주되는 과정에 있다. 그렇기에 자신의 삶을 환기하고, 자신 마주 보기를 통해 자신을 확인하는 과정이 필요하다.

이러한 삶의 대한 천착의 과정은 우리가 점유하는 시간과 공간을 통해 명징한 가치를 생성한다. 하지만 우리가 주목해야할 것은 그 언어와 이를 통한 해원의 과정에 있다. 특정한 주체가 사용하는 언어는 단지 소통의 수단이 아니다. 그의 삶의 전반적인 과정을 규정하는 주요한 근거이다. 결과적으로 언어는 그 언어를 사용하는 주체의 사유와 성찰의 과정을 보여 준다. 인간이 어떤 존재인지를 규정하는 주요한 근거의 하나가 바로 언어라는 것은 부정할 수 없는 사실이다. 그렇기에 이태준의 "말은 그 사람"이라는 명제는 여전히 유효한 가치를 지닌다. 일상적인 삶을 보다 유의미한 것으로 만드는 것은 그 삶에 대한 언어적 표현을 통해서 비로소 가능하기 때문이다. 언어를 통해 개별적 주체의 사유와 성찰의 방식을 확인할 수 있다. 결국 최종석 시인의 일상적 언어의 사용이라는 것은 그의 지향점이 바로 일상적인 삶 그 자체에 있음을 부정할 수 없다.

2

시인에 의해 이루어진 지속적인 회의의 과정은 스스로를 규정하는 주요한 단서가 된다. 이 과정에서 시인은 자신이 망각했거나, 부재한 것들에 대한 부단한 욕망을 보여 준다. 이 욕망의 과정을 통해 그 대상들은 시인의 시로 소환된다. 그것은 자신에게 거리를 두는 듯 보이기도 하지만, 결국 자신의 삶의 파편들을 현재에서 형상화하는 과정과 다르지 않다. 망각된 것들의 소환은 현재에 대한 보다 정치한 탐색의 과정으로 이어진다. 이 과정에서 시인은 자신을 규정할 수 있게 된다. 그 속에서 마주하는 시인의 일상적 삶에 내재된 지난함을 인식함으로 시인의 일상은 지난한 삶의 과정이 아닌, 보다 유의미한 가치들을 지닌 무엇으로 변환된다. 최종석 시인은 일상적 삶의 과정에서 포착된 것들을 통해 삶에 대한 변주와 전망을 보여 준다. 따라서 시인의 삶은 부단히 현재로 소환된다. "아직도 하지 못한 말들을/ 아직도 지키지 못한 약속을/ 아직도 만나지 못한 그 사람을"(「유예」) 방기하지 않고 현재의 자신과 마주하는 것은 "천상의 열매 속에/ 영원을 품"(「복사꽃 아래」)기 위한 지난한 여정의 일부일지도 모르겠다. 지난해 보일 수 있는 시인의 삶의 과정을 부단히 현재로 끌어오는 것은, 시인의 삶에서 의미가 도출될 수 있는 순간이 바로 현재이기 때문이다. 변경할 수 없는 과거 혹은 예측할 수 없는 미래보다는 그의 생애 전반에 걸쳐 있는 삶의 파편들을 그의 현재로 소환하기를 통해 어쩌면 자신이 방기했을 것이라 의심되는 그의 삶을 새롭게 생성해 나가는 원동력으로 삼고 있는 듯 보인다.

서두를 것 없지
나에겐 목표가 없으니
오직 이 순간과
여기 있는 모든 것들이
삶의 가장 큰 의미인 것을

꽃도 보고 풀도 보고

뭔가를 열심히 물어 나르는
벌레들도 보면서
아주 천천히 걸어갈 거야
그렇게 길은 더 선명해지고
아름다워지겠지

그 언젠가
시간이 실어 오는 죽음마저
온몸으로 받아들일 때
내 삶의 목표는 완전하게
이루어질 거야
-「완전한 목표」 전문

   자신에게 주어진 것들을 받아들이는 것, 어쩌면 "내가 살아 숨 쉰다는 건/ 훗날의 깨달음이 아니더라도/ 분명 행복한 일"(「친구의 밤 전화」)일지도 모른다. 그렇기에 시인은 "심오하지도 고상하지도 못해서/ 언제나 일상의 냄새만 풍기"(「지상의 시」)는 시로 "사람들 사이를 굴러다니"며 "작은 위로"를 전하는 것이다. 그의 언어는 "이 땅이 고향이어서/ 아무 데도 갈 수가 없"기에 "화려하지는 않아도/ 또 심오한 세계는 아닐지라도/ 고된 인생길 함께하는/ 따뜻한 목소리"(「시인의 말」)일 수 있다. 그의 일상이 머무르는 곳은 그가 마주하는 현재에 대한 부단한 천착의 일부이기 때문이다. 시인에게 시가 존재하는 것은 단지 시가 존재한다는 사실에 기초한다. 시인에게 시는 그가 행동할 수 있는 가장 적극적인 행위이며, 이 실천의 행위를 통해 시인의 일상에 놓여 있는 자칫 비루해 보일 수 있는 삶의 조각들이 보다 유의미한 것으로 삶을 마주하게 되는 것이다. 시인에게 자신의 삶을 마주한다는 것은 자신이 보다 인간적이라는 사실을 확인하는 과정이며, 이 인간적이라는 것이 무엇인지를 규정해 나가는 과정이 된다.

적어도 최종석 시인에게 인간을 규정하는 주요한 기제는 인간들이 공유하는 기억을 통한 것이 아니다. 공유하는 기억과 가치들에 대한 실천의 문제이다. 그의 삶에 주어진 여러 가지 선택지 중에서 무엇을 행할 것인가의 문제는 인간이 인간다울 수 있는 이유이기도 하다. 자신에게 주어진 선택을 통해 개인의 삶과 관계 맺음 혹은 관계의 설정이 이루어진다. 따라서 최종석 시인의 언어는 그 관계 맺음의 방식을 보다 명징하게 보여 준다. 일상적이며 보편적인 언어를 사용한다는 것은, 그가 천착하는 삶이라는 것이 일상적이고 보편적인 삶이며, 보편적인 개인들의 사유와 인식을 함의하는 삶이라는 것이다. 그것은 일상의 삶을 통해 보다 나은 인간이 되기 위한 과정이다. 소소한 일상을 통해 보편적 인간의 삶이 추동해야 하는 가치들에 대한 탐색의 과정이다. 시인에게 주어진 삶에 대한 천착 혹은 선택의 문제는 시인의 시와 그 시를 구성하는 언어를 통해 구체적인 무엇이 된다.

시에서 무수히 반복되는 '너/그'는 "삶과 죽음의 문"(「해바라기 꽃밭」)이기도 한, "너무나도 쉽게 여닫히"는 "생사"의 "다른 이름일 뿐"임을 인식하는 기제이다. '너/그'와의 만남을 통해 시인은 "삶이 무언지도 알게 되었"(「너를 만난 뒤」)고, "죽음마저 깨달았"다. 그렇기에 '너/그'는 "오늘도 깊고 깊어져/ 언젠가는 너에게/ 닿"(「너의 수심」)아야 할 대상이다. 일상에 안주하지 않는, 자신의 삶에 대한 반성과 성찰이라는 것은 시인 스스로가 아니라, 시인의 시에서 소환되는 무수한 '너/그'를 통해 이루어진다. "자신의 삶에 목숨 걸어 볼/ 단 한 번의 기회조차/ 말갛게 씻겨 버린 탓"(「채소 공장」)에 슬픈 시인의 삶은 끊임없이 자신이 순수했던 시절의 꿈을 소환하게 된다. "새처럼 자유로운 게 시인"(「시인의 꿈」)이라는 말에는 시인이 된 시인에게 현재 결여된 무엇이 있다. 적어도 시인의 삶에서 소환되는 온전한 시인이라는 것은 "간절함 하나로 매달렸던/ 그 불안한 꿈과 짙은 어둠" 속에 머물러 있다. "시 하나만을 위해 달렸던/ 그 뜨거운 심장만을 그리워할 뿐/ 나는 영원히/ 시인이 될 수 없다"는 시인의 고백은 시인이 시를 통해 추구하고자 한 가치가 무엇인지 환기시켜 준다. 따라서 시인의 현재는 "인생이 후회 속에 멈춰 서기 전에/ 아주 영영 늦어 버리기 전에"(「유예」) 하지 못한 말들과 지키지 못한 약속과 만나지 못한 사람들과 약속을 실행해야 하는 당위를 지닌다. 실천되지 못한 약속을 소환하는 것은 "서로에게/ 힘이 되지도 못"(「태양의 저녁」)했던 "나의 영원"이자 "또 다른 생애"인 "너"를 마주하는 다른 방법이기도 하다. 이로써 그가 그리워하는 온전한 시인의 심장을 지닌 시인으로서의 자신은, 영원히 마주할 수 없는 대상으로서의 자신이라는 것은 부정할 수 없는 사실이 된다.

3

시인에게 자신의 시는 "심오하지도 고상하지도 못해서/ 언제나 일상의 냄새만 풍기"(「지상의 시」)는 "미완의 인생이 낳은/ 또 다른 미완성"(「살아 있는 시」)이기에 "있는 그대로만 보"고, "느껴지는 대로만 느껴"야 하는 것이다. 문학을 통해 재현되거나 창출되는 가치라는 것은 시인의 언어를 통해 전유되는 일상과 다르지 않다. 문학은 인간에게 주어진 지난한 삶의 현장을 가장 명징하게 재현한다. 우리의 일상이라는 것은 심오하거나 고상한 것만이 아니다. 시인의 말처럼, "일상의 냄새"를 풍기는, 때로는 격정적이거나 지난하기도 한 것이다. 그렇기에 문학을 통해 삶의 다양한 순간들을 천착한다는 것은, 작가 자신의 삶을 스스로 마주하는 것이다. 스스로를 마주하는 것은 그가 보듬어야 할 자신에 대한 응시이며, 보다 나은 주체로 태어나기 위한 지난한 여정일 것이다. 그가 마주하는 삶의 다양한 순간은 결과적으로 그가 살아왔고 살아가야 할 현실일 뿐이다. 이러한 일상에서 포착된 것들을 통해 작가는 자신의 삶에 대한 해원의 과정을 거치게 된다. 문학을 통한 반성과 성찰이라는 것은 결국 스스로와 마주하기를 통한 해원으로써 보다 유의미한 가치를 생성하는 것이다.

최종석 시인에게 발견되는 것은 현실 및 시인 자신에 대한 천착의 과정이다. 우리의 삶에서 우리가 마주해야 하는 삶의 진실이라는 것은 대단한 담론적 당위는 아닐 것이다. 현대인들에게 중요한 것은 보다 온전한 인간으로 현재를 살아가는 것이다. 그리고 그 현재를 보다 온전히 즐기는 것이 아닐까? 자신이 어떤 존재인지를 알아 가는 것, 그 과정에서 우리는 우리를 규정하는 현재에 내재된 가치들을 새롭게 조명할 수 있을 것이다. 우리의 삶을 규정하는 가치라는 것은 우리의 일상에 상존한다는 것을 최종석 시인은 잘 보여 주고 있다. 그의 시에서 끊임없이 소환되는 현재는 현대인의 삶에서 욕망되는 가치들의 실체가 무엇인지를 조망 가능한 것으로 전환시킨다.

멀리서 찾아 헤매던 것들이
곁에서 부서진 채 그 모습 드러낼 때
비로소 맺히는 후회의 눈물

꽃도 현재만이 아름답고

사랑 또한 지금만이 빛나는 것을
그걸 알면서도 나는 왜
현재에 감동할 줄 몰랐는지
뜨겁게 사랑할 줄 몰랐는지

멀리 있는 그대여
아직도 늦지 않은 그대여
나 이제라도 남겨진 현재에 서서
다시 사랑을 살고 싶어라
흘린 눈물 다시 흘리고 싶어라
 -「현재만이 아름답다」 전문

자신이 욕망하는 것의 실체를 조망할 수 있는 현재에 소환되는 또 다른 대상은 망각된 시인의 기억들이다. 시인의 기억에만 남아 있는 망각의 땅 너머, 그곳에는 여전히 유예된 시인의 삶이 남아 있다. "지금은 아무도 살지 않고/ 버들개지마저 사라져 쓸쓸하지만/ 아직도 나의 기억이/ 따뜻한 눈물로 남아 있는 곳"(「내 고향, 버들골」)에 머물러 있는 시인의 삶은 "멀리 있는 그대"와 거리를 두고 있다. 결국 시인의 선택은 "너라는 불빛으로/ 다시 내 마음 밝히며/ 이 세상 끝까지 걸어가겠"(「내 마음의 길」)다는 것이다. 이 지점에서 현재는 부단히 회의되어야 할 대상이 된다. 시인은 스스로를 규정하지 않는다. 단지 자신을 규정하기 위한 토대들을 현재로 이끌 뿐이다. 이 과정에서 자신을 규정하는 과거로부터 거리 두기를 하는 듯 보이지만, 실상은 현재의 그리고 미래의 자신을 규정하기 위한 토대를 다지는 것이다. 시인에게 과거는 종결된 무엇이 아니라, 현재의 자신을 관망하는 시선의 하나이기 때문이다.

오히려 이 과정에서 중요한 것은 시인의 언어에 대한 사유이다. 그에게 언어는 "온기 담아 지어 낸 옷"(「언어 의상실」)이기에, "아무리 사소한 말이라도/ 내겐 가장 소중한 말, 아름다운 말"(「나의 신전」)이며, 그를 새롭게 규정하는 가장 유효한 방식이 된다. "저 소멸의 중심에/ 결코 부서지지 않는 힘이 있"(「껍데기에 대한 경배」)다는 믿음을 구현하는 것이 그의 언어이기 때문이다. 시인의 시 전반에 깔려 있는 것이 일상적 삶 혹은 일상적인 삶에 대한 기억이라 전제한다면, 이 일상적인 것을 재현하는 과정에서 사용되는 언어 역시 지극히 일상적인 것이다. 개인의 사고방식은 그가 사용하는 언어를 통해 구현된다는 것은 부정할 수 없는 사실이다.

인간의 운명은 인간 자신에게 있음을 부정할 수 없다. 인간의 삶에서 획득할 수 있는 명확한 사실은, 인간의 존재는 인간 자신의 행동 속에서만 희망을 확인할 수 있으며 인간으로 살아가야 한다는 점이다. 인간다움이라는 것이 무엇인지, 하여 나는 어떤 인간인지에 대한 부단한 성찰과 반성이 요구되는 이유이다. 인간에게 주어진 삶에 대한 성찰과 반성의 과정이 결국 시인의 언어로 표상된다는 점에서, 시인의 시에서 획득되는 삶의 순간들이 어떠한 의미를 내재하고 있는지 보다 분명해 보인다. 결국 최종석 시인이 집중하는 것은 인간의 문제이다. 인간의 삶이 지니는 본질적 동일성이라는 것은 성질의 동일함에 기인하는 것이 아니다. 인간의 삶에 주어진 근본적인 임무가 일치하기에 인간에 대한 보편이 전제 가능한 것이다. 문학이 천착해야 할 대상은 일상적인 삶이다. 이 일상적 삶을 통해 인간의 삶은 보다 보편적인 가치를 지닌 무엇으로 사유가 가능해진다. 아렌트가 지적하듯 인간적인 삶은 언제나 사건들로 가득하다. 인간에게 주어진 삶의 다양한 사건들을 통해 자신을 정립해 나가는 것, 이 과정에 서 있는 시인을 발견하는 것은 어려운 일이 아닐 것이다.

4

시인이 마주하는 일상적이고 지난한 삶의 "아수라장 속의 나를/ 끝까지 기다려 준 단 한 사람/ 그는 바로 나였다"(「고요 속으로」)라는 고백은 결국 시인이 천착하는/천착해야 하는 대상이 바로 자신임을 보여 준다. "내가 살아 숨 쉰다는 건"(「친구의 밤 전화」) "분명 행복한 일"이라는 것은 시인의 일상에서 포착되는 삶의 다양성, 혹은 다양하게 사유되어야 하는 삶에 대한 가치라는 것이 결국 시인 자신으로부터 출발한다는 점을 명 징하게 인식하고 있음을 확인시켜준다. 그가 그의 시들을 통 해 소환하는 것들은 다름 아닌 그의 욕망들이다. 시를 통해 소 환되는 "그"는 시인의 삶을 규정하는 준거이며, 시인의 현재를 규정하는 준거가 된다. 그리고 "그"를 통해 시인은 자신에 대한 부단한 회의의 과정을 보여 준다. 시인의 삶을 지금까지 지탱 해 온 가치들에 대한 회의는 그의 현재를 새롭게 규정해야 하 는 당위를 보여 준다. 시인 자신에 대한 천착은 자신에 대한 부 단한 회의와 마주 보기를 통해 온전한 자신을 생성할 수 있게 한다. 단지 내가 존재하는 것만으로는 자신의 존재가 규정될 수 없다. 자기 스스로에 대한 회의, 이것은 그의 삶 전반을 규정 하는 합리적인 근거를 만들어 낼 수 있는 가장 유효한 방식일 것이다.

> 갑자기 소수가 평범해지고
> 다수가 희귀해지는 세상이 오면
> 우리는 보석 같은 존재가 될까
> 아니면 소외된 존재가 될까
> ─「클로버 마을」부분

그에게 시는 "미완의 인생이 낳은/ 또 다른 미완성일 뿐"(「살 아 있는 시」)이다. 그렇기에 시는 완벽한 존재가 아니라, 완벽을

향해 나아가는 과정이다. 이 과정에서 삶에 대한 천착의 방식
은 그에게 주어진 현재를 그리고 그 현재를 통해 규정되는 자
신을 마주하는 유효한 방식이 된다. 일상의 삶에서 간과되는
순간들과 마주하는 것은 그 순간을 통해 규정되는 무수한 자신
들을 확인하는 지난한 과정일 것이다. 그 지난한 여정에서 새
롭게 마주하게 되는 자신을 규정해 나가는 것은 희망과 절망의
어느 언저리일 것이다. 인간은 자신에게 주어진 삶의 과정을
통해 그 종결을 모색한다. 하지만 그 종결이라는 것은 규정될
수 없는 것이다. 단지 자신이 감내해야 하는 매 순간을 통해 스
스로 규정해 나가는 것이며, 이를 통해 자신이 마주해야 할 종
결지에 대한 부단한 모색의 과정을 수반하게 되는 것이다.

　이러한 모색의 과정에서 시인은 철저히 고독한 존재가 된다.
그의 삶을 공감하고 공유할 수 있는 누군가가 있다고 해도, 종
국적으로 그의 삶을 모색하고 규정하는 것은 그 누구도 대신할
수 없기 때문이다. 철저하게 그는 혼자여야 한다. 삶의 일상에
놓여 있는 다양한 변수들은 관망하고, 그를 통해 자신을 되돌
아보는 과정에서 타인은 부재한다. 삶에 대한 다양한 변수들은
그의 삶을 규정하는 일종의 준거로 기능할 뿐이다. 그는 스스
로 자신의 삶을 보듬어야 한다. "세상의 매운맛 톡톡히 보아 왔
던/ 내 영혼의 치유를 위"(「심심한 인생」)한 시인의 선택은 시인
을 규정할 수 있는 삶을 소환하는 것이다. 삶의 완벽한 종결을
소환해야 할지도 모른다.

완벽한 삶의 종결이라는 것은 실천 불가능한 허상일 것이다. 완벽함이라는 이상적 세계로의 도달은 불가능할 것이다. 그러나 우리는 이상적 세계를 욕망한다. 그리고 이상적 세계를 향한 삶의 여정을 통해, 그리고 삶의 여정을 사유하는 방식을 통해 삶의 구체성은 획득될 수 있을 것이다. 하지만 최종석 시인에게 삶의 종결이라는 것은 여전히 유보된 것처럼 보인다. 그는 여전히 자신의 삶을 반추하고, 이 과정에서 자신을 끊임없이 규정한다. 그의 시는 생것 그대로 시인의 사유와 인식을 보여 준다. 삶이란 종결될 수 없는 종결을 향해 나아가는 과정이라는 점을 그는 온전히 보여 주고 있다. 그렇기에 "난 어디에도 없지만/ 모든 시간 속에서"(「해바라기 꽃밭」) 사는 존재로 거듭날 수 있다.

한 번뿐인 인생길에
목숨 걸어 볼 일을 찾았고
그 길로 미친 듯이 달려가는데
어느 날 불쑥 회의가 찾아온다면?
삶의 보석이었던 그것이
갑자기 빛을 잃고 스러진다면?
나는 망연자실 돌처럼 굳어져
후회도 없겠지, 눈물조차 없겠지
그리하여 나의 두려움은

오늘도 이렇게 두 손을 모은다
부디 이 길이 죽음에 닿기를
깨끗한 무無의 품속으로
고요히 스며들기를……
-「두려운 회의」 전문

최종석 시인에게 시는 그의 일상을 대변하고 삶을 관망하는
하나의 도구로 보인다. 삶의 다양한 이면을 통찰하는 것, 이 지
점에서 최종석 시인만의 고유성을 확립할 수 있을 것이다. 그
는 무수한 자신과 대면한다. 그리고 그 대면의 과정에서 시인
이 도달해야 하는 지점은 자신에 대한 부단한 회의일 것이다.
회의는 두려움의 대상이 아니라, 보다 온전한 시인의 자아를
찾기 위한 방식이어야 한다. 삶의 아수라장에서 끝까지 그를
기다려 준 것은 바로 자신이었다는 점을 상기해야 할 것이다.
인간에게 주어진 삶은 완성될 수 없는 무엇이다. 인간의 삶에
서 도출되는 다양한 미완성의 것들은 인간의 삶을 보다 완벽한
것으로 발전시키기 위한 결과물이라는 점을 분명히 해야 한다.
현대인에 대한 문제는 현대인의 삶에 대한 규정으로 이어진
다. 인간의 삶이란 표상화된 다양성에도 불구하고 그 삶들의
본질에 대한 규정이 가능하다. 이는 삶에서 추동되어야 할 가
치라는 것이 본질적으로 동일하기 때문일 것이다. 개인의 삶에
도 동일하게 적용된다. 개인의 삶이 다양한 양태를 지닌다고

해도, 결과적으로 삶의 과정을 통해 규정되는 것은 대동소이하다. 현대인에게 주어진 삶의 환경에서 안주할 여유는 없다. 단지 삶의 이전투구를 반복하는 것이 현대인에게 남은 유일하고도 강력한 굴레일 것이다. 따라서 보편적 인간으로 삶이 추구하는 본질이 아닌, 자신만의 고유한 정체성에 대한 모색과 탐색이 필요하다. 보편적 개인이 아닌, 온전한 개인으로서 자기 정립이 요구되는 것이다.

이 지점에서 최종석 시인에게 기대되는 것은 부단한 자기와의 대면을 통해 그가 성취하게 될 것들에 대한 전망과 가능성이다. 그의 삶이 여전히 미완의 것이라는 시인 스스로의 인식은 그의 삶을 보다 온전한 것으로 만들기 위한 원동력이 될 것이다. 그리고 시는 완결된 것이 아니라, 완결된 것으로 나아가는 과정임을 유념해야 할 것이다. 최종석 시인에게 삶에 대한 이전투구가 아닌 삶에 대한 회의가 지속되기를, 그리고 삶에 대한 회의의 성과를 지켜볼 수 있기를 기대해 본다.